내 이름은 만초냥

1판 1쇄 발행 2021년 4월 8일

지은이 김민서

교정 신선미
편집 문민정

펴낸곳 하움출판사
펴낸이 문현광

주소 전라북도 군산시 수송로 315 하움출판사
이메일 haum1000@naver.com   홈페이지 haum.kr

ISBN 979-11-6440-769-9 (03810)

좋은 책을 만들겠습니다.
하움출판사는 독자 여러분의 의견에 항상 귀 기울이고 있습니다.

내 이름은
"만초냥"

목차

1

탄생 스토리

어느 봄날 엄마가 내가 제일 좋아하는 만두와 연어 초밥을
점심 메뉴로 만들어 주셨다.
그날도 어김없이 복순이는 우리 가족이 식사하는 옆에 앉아 뭔가
간식이라도 바라는 양 애절한 눈빛을 발사하며 바라보고 있었다.
그 순간, 머릿속에 갑자기 떠올라 내가 좋아하는 만두와 초밥,
그리고 복순이를 합성해 보다가 만초냥이 탄생하게 되었다.

프로필

우리 엄마와 아빠는 두 분 다 직장 생활을 하셔서 나와 동생은 할머니의 보살핌을 받았다.

그러던 어느 날, 내가 초등학교 5학년이 되던 2014년 4월에 할머니는 고향으로 내려가시게 되었고, 학교가 끝나면 항상 반갑게 맞아 주시던 할머니의 빈자리를 채워 주기 위해 아빠가 고양이를 키우자고 하셨다.

난 너무 행복하고 좋았지만, 처음에 엄마는 귀찮다고 반대하셨다. 지금은 우리 집 복순이의 광팬이 되셔서 항상 복순이의 사랑을갈구하지만 말이다.

이리하여 지금의 복순이, 즉 만초냥은 2014년 5월 우리 가족의 품으로 오게 되었다.

이름: 복순이

- 성별: 여
- 품종: 페르시안
- 애칭: 만초냥
- 탄생일: 2014년 3월 30일
- 우리 가족이 된 날: 2014년 5월 17일
- 성격: 오리지널 고양이, 집에서 키웠다고 개냥이 스타일 절대 아님
- 시크하고 도도한 매력덩어리, 하지만 가끔 부리는 애교는 정말 쓰러짐
- 낯가림이 심하며 쉽게 손을 내주지 않음
- 식성: 닭고기와 참치를 좋아하며, 입이 짧음기호에 안 맞으면 아예 먹지 않음. 조금씩 자주 먹는 편임
- 특징: 우리 가족에게 사랑과 행복을 주는 매력덩어리

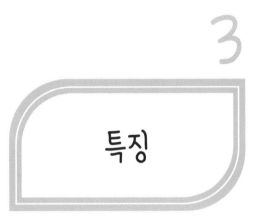

특징

3

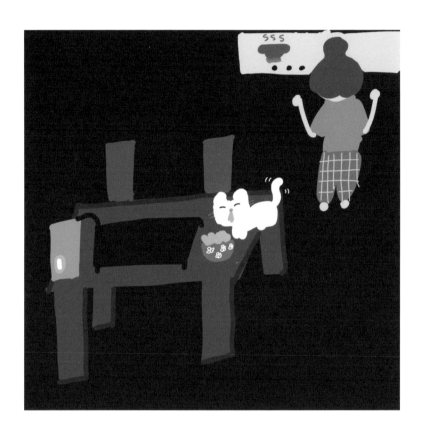

가족들 식사 자리에 항상 함께하기

삼겹살을 먹기 위해 엄마가 상추를 씻어 놓으면

항상 식탁 위에 올라가 뜯어 먹는 만초냥

상추 한 장만 놓아 주면 절대 먹지 않고 꼭 그릇

통째로 먹는 만초냥은 욕심쟁이

냠냠

딸기는 항상 꼭지만 먹기

딸기를 씻어서 주면 절대 딸기는 먹지 않고
꼭지만 맛있게 뜯어먹는 만초냥

가족들 TV 시청 시, 꼭 함께하기

절대 TV는 보지 않고 꾸벅꾸벅 졸고 있거나 우리 가족이
뭐 하는지 감시하는 만초냥
엄마와 아빠는 사랑스러운 만초냥의 모습을 보느라고
귀는 TV에 열려 있지만 눈은 만초냥 보기

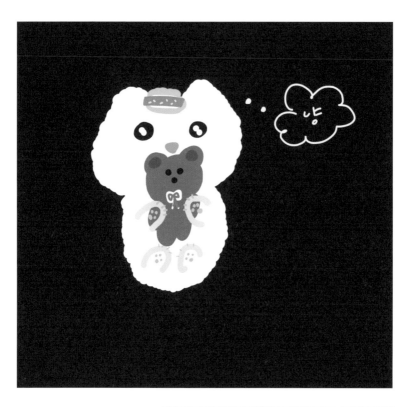

애착 인형을 너무 좋아하는 만초냥

몇 년 전 화이트데이 때 아빠가 사 준 커다란 사탕 바구니 안에

들어 있던 인형이 만초냥의 애착 인형이 됨

자주 가지고 놀지는 않지만 없으면 꼭 어디서 찾아와

놀고 있는 만초냥

곰돌이 인형은 만초냥에게 뭔가 마음이 편안해지는

안식처 같은 존재

우리 가족과 하루를 같이하는 만초냥

밤이 되면 특별한 경우를 제외하고는 같이 꿈나라로 가서
새벽 5시 넘으면 기상함
가끔 새벽에 부스럭거리며 이 방 저 방 왔다 갔다 하며
깨우기도 하지만, 일찍 자고 일찍 일어나는 새 나라의 만초냥

빵 끈과 면봉 사랑

식빵에 묶여 있는 빵 끈과 면봉을 너무 사랑하는 만초냥
어느 날은 면봉 통을 엎어서 혼나기도 하지만 입에 물고 다니는
모습을 보면 너무 사랑스러움

상자
좋아
고양이

상자 사랑

상자를 너무 좋아해 항상 만초냥 전용 상자를 거실
한가운데 놓아둠
그 안에 들어가 포근하게 자는 것을 매우 좋아함
가끔은 숨바꼭질도 하는 만초냥

4

만초냥의 세상 구경

빨랫줄에 앉아서 세상 구경하기

구경하다 그 위에서 잠들기가 특기임
축축한 빨래에 앉아 있는 것도 매우 좋아함.
만초냥의 털이 빨래에 묻어도 사랑스러움

베란다 방충망 타고 올라가기

베란다에 앉아 세상 구경하다 모기가 보이면 잡기 위해

필사적으로 방충망 타고 올라가기

만초냥의 방충망 테러로 구멍이 숭숭 뚫려 모기가

신나서 집안으로 침입함

여름이 다가오기 전에 방충망을 바꿔 주는 건 우리 집 연중행사

베란다에 앉아 비둘기 구경하기

만초냥이 베란다에 앉아 비둘기를 발견하면 미동조차 없음
고양이의 사냥 본능, 무서울 정도로 눈이 빠지게 비둘기와
눈싸움을 함
항상 도망가는 비둘기를 보니 승자는 우리 만초냥인듯 싶음
은근 승부욕이 강한 만초냥

차창 밖으로 세상 구경

가끔 엄마와 아빠의 고향인 전주에 내려갈 때면 항상

만초냥도 함께함

차창 밖으로 바라보는 세상은 만초냥에게는 큰 의미가 있을 듯함

다행히 멀미도 하지 않고 장거리 여행도 잘하는 건강 체질 만초냥

오토바이 타고 세상 구경

우리 엄마와 아빠는 날씨가 좋으면 주말에

오토바이를 타고 나들이를 나가심

40대인 엄마 아빠의 오토바이 사랑은 유별나지만

이런 모습도 가끔 귀여우심

만초냥도 몇 번 병원에 가기 위해 오토바이를

함께 타고 세상 구경을 한 적이 있음

가끔 스피드도 즐길 줄 아는 만초냥

5

우리 가족과의 관계성

나는 절대적 애증

만초냥 병원 데려가기, 안약 넣기 등 미움 사는 일은 내 담당

내 방에 출입은 거의 없으나, 가끔 들어와 공부하는데 방해하기,

쉬 하고 도망가기, 다리 물기 등 소심하게 복수하는 만초냥의

행동들

공부 방해중...

공부하는데 책상 위에 앉아 방해하기

복순이 안약 넣기

복순이 병원 데려가기

엄마는 주는 사랑

만초냥의 사랑을 항상 갈구하는 엄마

만초냥 밥 주기, 물 갈아주기, 화장실 치우기, 간식 주기,

빗질해주기 등 모든 것 담당

원래 만초냥 사랑에 대한 우리 집 서열 1위였으나 동생에게

밀려나 서열 2위

항상 주는 것 없이 복순이 사랑을 받기만 하는 동생에게 불만 많음

처음에 만초냥 키우는 것을 혼자 유일하게 반대했지만

데려오자마자 1순위로 푹 빠짐

밥하는데 옆에 앉아 구경하기

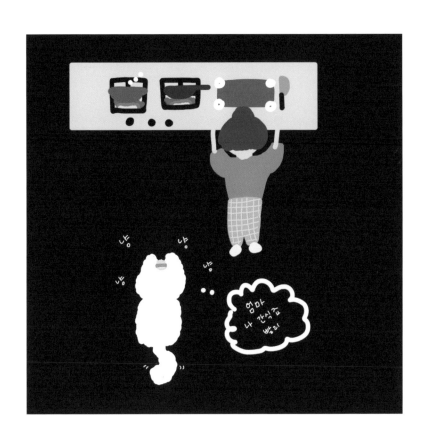

간식 달라고 애교 부리기

모닝 알람(엄마 일어나라고 발로 툭툭 건드리기)

아빠는 적당한 사랑

눈에 띄게 절대적인 사랑은 없으나 서로 좋아하는 속 깊은

그런 사이

만초냥의 아빠 발가락 깨물기가 특기

소파 옆에 누워서 발가락 깨물기

컴퓨터 작업하는데 옆에 앉아서 잠자기

잠시 고독을 느낄 때도 만초냥 생각하기

동생은 무한 받는 사랑

만초냥에게 해 주는 것 별로 없이 무한 사랑을 받는 동생

만초냥을 향한 동생의 조심스러운 손길과 눈빛을 너무 좋아함.

만초냥 취향 저격

만초냥 사랑의 우리 집 절대적 서열 1위

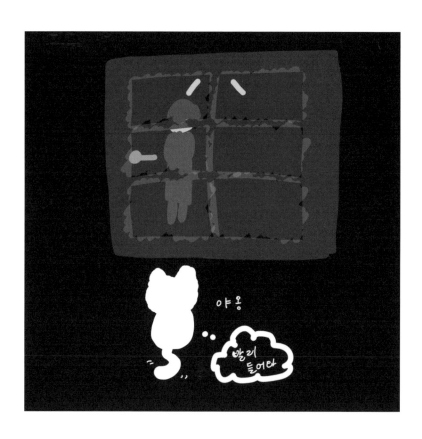

하교하면 현관 옆에서 나와 기다리기

배 위에 앉아 애교 부리며 깨우기

소파에 안긴 채 같이 TV 보기

동생의 손길은 절대 거부하지 않는 만초냥

샤워하는데 욕실 앞에서 기다리기

동생이 물에 빠졌을까 봐 노심초사 걱정하는 만초냥

우리 집 사랑둥이 만초냥 복순아!

어느덧 우리 복순이가 언니와 함께한 지 벌써 8년이란 세월이 흘렀구나.

복순이랑 언니는 서로 대화는 못 하지만 그 눈빛과 행동 하나하나로 서로 공감하며 느끼고 있다고 언니는 생각해.

사실 처음엔 만남의 설렘보다는 헤어짐의 두려움 때문에 가족으로 함께 하기에 약간의 망설임이 있었지만, 함께하는 지금 이 순간이 주는 행복은 뭐라 표현해도 부족하단다.

비록 언니는 복순이를 병원에 데려가고, 눈 아프면 안약 넣고, 시골 내려갈 때 가방에 넣고, 쉬 하고 도망가면 구박하고 등등 복순이에게 미움 담당이지만... 그래도 언니 마음 알지?

복순이를 생각하고 사랑하는 마음은 그 누구보다도 더 깊고 크단다.

정말 우리 가족에게 와줘서 너무 고맙고 이 인연 너무나도 소중하게 간직할게!

앞으로도 지금처럼 우리 가족에게 사랑과 행복을 나눠 주는 사랑둥이로 오래오래 함께하길 바라.

우리 만초냥 복순이!

사랑해!

만초냥과 우리 가족의 다음 이야기가 궁금하시죠?

또 만날 때까지 기다려 주세요!